學習目標 1　名詞肯定句

❶ わたし がくせい
　私 は学生です。
　（我是學生。）

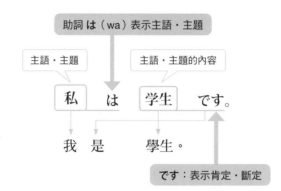

解說

● 很多人以為「は」是「是」的意思，但其實不是，「です」才是「是」的意思。
● 「は」是「助詞」，表示「主題」。
● 「は」的功能告訴我們這個句子裡的主題是「私」（わたし）。
● 「は」的發音是「wa」不是「ha」，這一點請特別注意。一般 50 音通常唸「ha」，當助詞時請唸「wa」。

例文

● わたし こうこうせい
　私 は高校生です。是「我是高中生」。
　肯定句後面要有です。
　「は」的功能告訴我們這個句子裡的主題是「私」。
● ひと にほんじん
　あの人は日本人です。是「那個人是日本人」。
　あの人（あのひと）＝「那個人」
　「は」的功能告訴我們這個句子的主題是「あの人」。
● たなか しゅふ
　田中さんは主婦です。是「田中小姐是家庭主婦」。
　肯定句後面要有です。
　「は」的功能告訴我們這個句子的主題是「田中さん」。

「は」告訴我們句子的主題是什麼，上面這些句子比較短，所以比較感覺不出「は」的重要。如果是很長的句子，就會顯示出「は」的重要性。因為只要找到「は」，就可以知道句子的主題是什麼。

❷　私は会社員じゃありません。（我不是公司職員。）

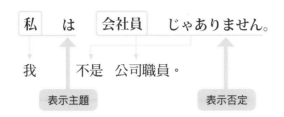

　私　は　会社員　じゃありません。

我　　不是　公司職員。

表示主題　　　　　　表示否定

解說

● 「名詞」後面加「じゃありません」表示「否定句」。
● 唸「じゃありません」的時候，不要分段，連在一起一口氣唸就好。有些書本會分段寫，是為了方便閱讀，但是唸的時候，要一口氣唸完，不要分段。

例文

● 亞洲人都長得很像，如果有人問你「你是日本人嗎？」，可以回答：

　私は日本人じゃありません。（我不是日本人。）

　私は台湾人です。（我是台灣人。）私は中国人です。（我是中國人。）
● あの人はアメリカ人じゃありません。（那個人不是美國人。）

介紹一個很重要的助詞：も

● 私は日本人です。田中さんも日本人です。
　（我是日本人，田中先生／小姐也是日本人。）

　先說這句：私は日本人です。（我是日本人。）

　再接著說：田中さんも日本人です。（田中先生／小姐也是日本人。）
　原本的「は」不用，出現「も」。「も」＝「也」。
　「です」＝「是」。田中さん（たなかさん）＝「田中先生或田中小姐」。

も的用法再舉例說明

● 井上さんは高校生です。私も高校生です。
　（井上先生是高中生。我也是高中生。）

　先說這句：井上さんは高校生です。（井上先生是高中生。）

　之後再說：私も高校生です。（我也是高中生。）

❸ 陳^{ちん}さんは学生^{がくせい}ですか。（陳小姐是學生嗎？）

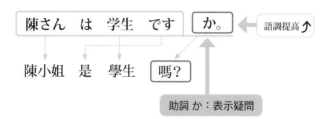

解說

● 「か」表示疑問「…嗎？」。日文的疑問句句尾都有「か」，唸的時候語調上揚。

例文

● 大家去日本的時候，常會被問這句話：

あなたは日本人^{にほんじん}ですか。（你是日本人嗎？）

はい、私^{わたし}は日本人^{にほんじん}です。（是的，我是日本人。）

いいえ、日本人^{にほんじん}じゃありません。（不是，我不是日本人。）

● あの人^{ひと}は誰^{だれ}ですか。（那個人是誰？）

あの人（あのひと）＝「那個人」。誰（だれ）＝「誰」。

「です」＝「是」。「は」＝「助詞」，表示主題。「か」＝「疑問詞」。

日文的疑問句後面都有「か」，但是不用特別加上「問號」，用「句號」

（。）就可以了。不過，日本人在朋友之間寫信、或是網路聊天的時候，還是

會用「問號」，日文裡並沒有硬性規定不能使用「問號」。

介紹兩個放在句尾的助詞　：ね、よ

●「～ね」：可用於「表示同意、要求同意、再確認」

（1）例如：我曾經聽說你是台灣人，為了再確認一次，就會問：

あなたは台湾人^{たいわんじん}ですね。（你是台灣人吧～）這是「再確認」的說法。

（2）例如：このラーメン、おいしいですね。（這個拉麵很好吃吧～對吧～）

這樣的「ね」是表示「要求對方同意」。

●「～よ」：可用於「提醒」

例如：有人正在猶豫到底哪裡的拉麵好吃，提醒他「這個好吃」時可以用。

このラーメン、おいしいですよ。（這個拉麵很好吃喔～）提醒的時候用「よ」。

❹ 私 は貿 易 会 社 の 社 員 です。（我是貿易公司的員工。）
わたし　ぼうえきがいしゃ　しゃいん

> 表示所屬、所有、所在、所產

私　は　貿易会社　の　社員　です。

我　是　貿易公司　的　員工。

解說

● 「の」是「的」的意思，沒學過日文的人可能都有看過。
● 表示「屬於…的東西」或是「哪裡做的東西」，都可以用「の」來表示。
● 例如：私 の本。（我的書；屬於我的書）日本 の 車。（日本製的車子）
わたし　ほん　　　　　　　　　　　　　　　　　　　　にほん　くるま

例文

● 私 は筑波大 学 の 学 生 です。（我是筑波大學的學生。）
わたし　つくばだいがく　がくせい
　私（わたし）＝「我」
　「です」＝「是」
　筑波大学（つくばだいがく）＝「筑波大學」
　「の」＝「的」
　学生（がくせい）＝「學生」
　就是「我是屬於筑波大學的學生」（我是筑波大學的學生）的意思。

● 疑問句的話：

　あなたはパナソニックの 社 員 ですか。（你是 Panasonic 的職員嗎？）
　　　　　　　　　　　　しゃいん
　「あなた」＝「你」
　「です」＝「是」
　「パナソニック」＝「Panasonic 公司」
　「の」＝「的」
　社員（しゃいん）＝「職員」
　「か」＝疑問詞「嗎？」
　你是 Panasonic 公司的職員嗎？這個時候也是用到「の」。

指示詞：指地方的說法

❶ トイレはどこですか。（洗手間在哪裡呢？）

解說

● 「トイレ」＝「洗手間」。「は」＝「助詞」，表示主題。
● 「どこ」＝「哪裡」。「です」＝「在」。「か」＝「疑問詞」。
● 之前，「です」翻譯為「是」。提到「地點」的時候，「です」翻譯為「在」。
● 看到「です」的時候要稍微判斷，有時候翻譯為「是」，有時候翻譯為「在」。

例文

● 例如，問：電話はどこですか。（電話在哪裡呢？）
　　回答時說：電話はここです。（電話在這裡。）
● 例如，問：受付はここですか。（櫃檯在這裡嗎？）
　　回答時說：はい、そうです。こちらです。（是的，沒錯。〈櫃檯〉在這裡。）
　　「こちらです」＝「在這邊」。雖然發問的人是說「ここ」，但是因為在櫃檯的人，應該都是服務生，服務生回答問題時要禮貌一點，所以就說「こちら」。「こちら」是比「ここ」更禮貌的說法。

補充說明：指示詞

	指東西	指地方	指地方 （禮貌的說法）
近自己	これ（這個）	ここ（這裡）	こちら（這裡）
近對方	それ（那個）	そこ（那裡）	そちら（那裡）
遠方	あれ （遠一點的那個）	あそこ （遠一點的那裡）	あちら （遠一點的那裡）
疑問	どれ（哪個）	どこ（哪裡）	どちら（哪裡）

● 日文的「指示詞」都是「こ」「そ」「あ」「ど」開頭。
● 如果你是服務生，就用「こちら、そちら、あちら、どちら」，這樣比較有禮貌。

❷ それは何ですか。（那是什麼呢？）
<small>なん</small>

それ　は　何　です　か。
↓　　↓　↓　　　↓
那　　是　什麼　？

解說

● 「指地方」用「ここ、そこ、あそこ、どこ」，「指東西」則用「それ」。
● 「それ」是「那」。「は」＝「助詞」，表示主題。
● 何（なん）＝「什麼」。「です」＝「是」。「か」＝「疑問詞」。

例文

● それはあなたの傘ですか。（那是你的雨傘嗎？）
<small>かさ</small>
● これは私のかばんです。（這是我的書包。）「かばん」＝「書包」。
<small>わたし</small>
● あれも私のかばんです。（那也是我的書包。）
<small>わたし</small>
　因為距離比較遠，所以用「あれ」。「も」是之前學過的，表示「也」。

要如何分辨：これ、それ、あれ

● 說話者本人摸得到的東西用「これ」。
● 對方摸得到、但說話者本人摸不到的東西，用「それ」。
● 東西在兩個人都摸不到的遠方，則用「あれ」。

你可以這樣使用：これ、それ、あれ、どれ

● 自己摸得到的，用「これ」。
● 對方摸得到、自己摸不到的，用「それ」。
● 我們可以指著任何方向的遠方說「あれ」。
● 要表達「到底是哪一個」，則用「どれ」。

❸ そのかばんはいくらですか。（那個書包是多少錢呢？）

解說

● 「その」是「那個」。「かばん」是「書包」。「は」＝「助詞」，表示主題。
● 「いくら」＝「多少錢」。「です」＝「是」。「か」＝「疑問詞」。

例文

下面都是「この、その」這一類「指示詞」的例句：

● 問：この 傘_{かさ}はいくらですか。（這把雨傘多少錢？）
  發問的人距離雨傘很近，摸得到雨傘，所以用「この」。
● 答：その 傘_{かさ}は３００円_{さんびゃくえん}です。（那把雨傘300日圓。）
  回答的人距離雨傘遠，摸不到雨傘，所以用「その」。

「これ、それ、あれ」和「その」有什麼差別？

● 譬如說：これは 誰_{だれ}のかばんですか。（這是誰的書包？）
  「これ」＝「這個」。「誰の」（だれの）＝「誰的」。

● 這個句子不一定要用「これ」，也可以用「この」。如果用「この」，一定要搭
  配「名詞」。把「かばん」移過來變成「このかばん」。

  このかばんは 誰_{だれ}のですか。（這個書包是誰的？）
  這兩句話是一樣的意思，但是講話的順序不一樣，有兩種說法。

● 用「このかばんは…」開頭，說某些句子會比較方便。例如要問「多少錢」：

  このかばんはいくらですか。（這個書包是多少錢？）
  この 傘_{かさ}はいくらですか。（這把雨傘多少錢？）
  後面要直接問「いくらですか」（多少錢）的時候比較方便。

❶ あした ともだち しょくじ
明日、友達と 食事します。（明天〈我〉要和朋友吃飯。）

助詞：表示動作夥伴

明日、 友達 と 食事します 。

明天（我） 要 和 朋友 用餐 。

解說

從這裡開始，會出現「動詞」，而且會學到「省略主語」的說法。
● 「と」＝「跟、和」。「助詞と」表示「動作夥伴」，是很重要的助詞。

例文

● あした しゃいん しょくじ
明日、NECの社員と 食事します。（明天〈我〉要和NEC公司的職員吃飯。）
句子裡的「NECの社員」（NEC公司的職員）就是「動作夥伴」。

● にちようび だれ しょくじ
問：日曜日、誰と 食事しますか。（星期天〈你〉要和誰吃飯呢？）
こうこうじだい ともだち しょくじ
答：高校時代の友達と 食事します。（〈我〉要和高中時代的朋友吃飯。）
像這樣的時候，都會用「助詞と」。

一般日文會話中常常省略主語
上面的例文，是省略了主語的說法：

● にちようび だれ しょくじ
日曜日、誰と 食事しますか。（星期天〈你〉要和誰吃飯呢？）
這句話省略了「あなたは」（你）。原本的說法是：
にちようび だれ しょくじ
日曜日、あなたは 誰と 食事しますか。
因為我是面對你當面講這句話，所以「あなたは」（你）可以省略。

● こうこうじだい ともだち しょくじ
高校時代の友達と 食事します。（〈我〉要和高中時代的朋友吃飯。）
這句話省略了「私は」（我）。原本的說法是：
わたし こうこうじだい ともだち しょくじ
私は高校時代の友達と 食事します。
聽你回答的人知道你是在說自己，所以「私は」（我）可以省略。

認識：動詞四態
：現在肯定、現在否定、過去肯定、過去否定

【現在肯定】食事します（我要吃飯）
【現在否定】食事しません（我不要吃飯）
【過去肯定】食事しました（我〈過去的時間點〉吃了飯）
【過去否定】食事しませんでした（我〈過去的時間點〉沒有吃飯）

❷ いっしょに 食事しませんか。（要不要一起用餐呢？）

動詞：現在否定形＋か

いっしょに 食事しませんか 。

要不要 一起 用餐？

解說

這裡所學的，是「邀請、邀約」的文型。

● 「いっしょに」寫漢字的話，是「一緒に」，是「一起」的意思。

● 「ませんか」（否定形＋疑問句的か）＝「要不要」
「否定形＋疑問句的か」就是「邀請、邀約」的表現方式。

例文

● Aさん：明日、友達と 食事します。Bさんも 一緒に 食事しませんか。
（明天要和朋友吃飯，B小姐要不要也一起吃飯呢？）
可以用「ませんか」的表現方式來邀請別人。

● Bさん：ええ、食事しましょう。（好啊，一起吃飯吧！）
「はい」跟「ええ」都是「YES」的意思。「ましょう」＝「～吧」。
把「ます」改成「ましょう」，就是「我們做什麼什麼吧」的意思。

邀請、答應 & 拒絕

● 「邀請」的時候，可以說：
一緒（いっしょ）に ＋ 動詞 ＋ ませんか

● 「回答」的時候，可以說：
YES 的話 → ええ、＋ 動詞 ＋ ましょう

NO 的話 → 因為日本人比較不喜歡直接的拒絕，不會說「我不要我不去」，
這樣子說太狠了。日本人會說：
すみません、ちょっと…（對不起，有點…）
這樣子說，對方就知道你不會參加。

● 「ちょっと…」是「有一點…啊…」。講這句話，聽的人就知道是拒絕的意思。

<なんじ> <あ>
❸ 何時に 会いますか。（〈我們〉幾點〈的時候〉見面呢？）

助詞：表示動作進行時點

何時 | に   会いますか。

（我們） 幾點 見面？

解說

● 何時（なんじ）＝「幾點」。会います（あいます）＝「見面」。「か」＝「疑問詞」。

● 這裡有一個「に」，助詞「に」表示「動作進行時點」，表示「什麼時候做什麼動作」，有一點類似英文的「at」。

例文

<じゅうじ> <ともだち> <しょくじ>
● 1 0時に 友達と 食事します。（10點要跟朋友吃飯。）
<まいばん> <じゅういちじ> <ね>
● 毎晩、 2 3 時に寝ます。（每天晚上11點睡覺。）
雖然是寫「23時」，但唸的時候唸「じゅういちじ」（11時）較多。
<あしたくじ> <あ>
● 明日9時に 会いましょう。（明天9點的時候見面吧！）

需要放「に」的單字：

● 上面的例句通通都有「に」，但是要注意，不是所有表示時間的單字，都需要放「に」。下面是需要有「に」的單字：
8時（はちじ）に…～ます（動詞）。午後4時（ごごよじ）に…～ます（動詞）。

不需要放「に」的單字：

● 不特定的時間點，不能放「に」，例如：
明日（あした）…～ます（動詞）。夜（よる）…～ます（動詞）。
明日（あした）＝明天。明天的時間那麼長，不是特定的時間，不能放「に」。
夜（よる）＝晚上。晚上的時間也很長，也是不特定的時間，所以不放「に」。

放不放「に」都可以的單字：

<げつようび> <かようび> <すいようび>
月曜日に（星期一）、火曜日に（星期二）、水曜日に（星期三）、
<もくようび> <きんようび> <どようび>
木曜日に（星期四）、金曜日に（星期五）、土曜日に（星期六）、
<にちようび>
日曜日に（星期天）。表示「星期幾」的單字都可以放「に」。

❹ 駅の前で会いましょう。（〈我們〉在車站前見面吧。）

解說

● 駅の前（えきのまえ）＝「車站的前面」，直譯就是「車站前」。
● 「で」＝助詞，表示「在」、表示「動作進行地點」。句子裡提到「在車站見面」，所以用到「で」。
● 会いましょう（あいましょう）＝「見面吧」。
這是之前學過的，用「ましょう」來表示「〜吧」。

再提醒！

● 場所 で ＋ …〜ます（動詞）。「で」表示「動作進行地點」。

例文

● 図書館で勉強します。（在圖書館唸書。）
● 問：明日、新宿で一緒に食事しませんか。（明天要不要在新宿一起吃飯？）
「食事しませんか」是邀請的用法，也可以結合「で」來運用。
● 答：ええ、いいですね。何時ですか。（好啊，不錯耶。要約幾點呢？）

邀約時更進一步互動應答

● 在上面的對話中，地點已經確定了，也同意參加了，可以接著再問「時間要約幾點咧？」何時ですか。這是邀約時常見的互動應答說法。

學習目標 12 助詞：「へ」的用法

❶ 新宿 へ行きます。（〈我〉要去新宿。）

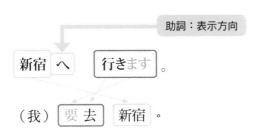

解說

- 行きます（いきます）＝「要去」。
- 「へ」是「助詞」，表示移動方向，要唸成「e」。
- 新宿（しんじゅく）＝「新宿」（地名）。

要注意「へ」的發音！

- 這裡出現「へ」這個假名：
  （1）唸50音的時候發音「he」；一般當單字的時候，發音也是「he」。
  　　例如：平和（へいわ），就是唸「he i wa」。
  （2）「へ」當「助詞」的時候，要唸成「e」。務必要注意發音！！！

例文

- 昨日、図書館へ行きました。（昨天我去了圖書館。）
  前面是「昨日」（きのう）＝「昨天」，所以後面就要用「過去形」ました。
  是昨天的動作，所以要用過去形，要特別注意。
- A：あなたは 誰とここへ来ましたか。（你和誰一起來到這裡呢？）
  「助詞と」＝「動作夥伴」。「ここ」＝「這裡」。
  是往這裡來，所以用「ここへ」。
- B：一人でここへ来ました。「一個人來到這裡的。」
  一人で（ひとりで）＝「一個人做什麼」。
  這是固定說法，一個人做什麼，就用「一人で」。

- 要記得，上面句子裡的「へ」都要唸「e」。ここへ（e）来ました。図書館へ
  （e）行きました。當助詞的時候唸「e」。

❷ でんしゃ い
電車で行きます。（〈我〉要搭電車去。）

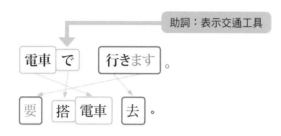

解說

● 「で」是「助詞」，表示交通工具，翻譯成「搭…、搭乘」。

什麼時候要用「で」？

● 你要怎麼來？怎麼去？怎麼回去？不論是搭公車、搭電車、騎摩托車…，交通工具的後面，都要加上「助詞で」，代表「要搭電車去」，或是「要騎摩托車回去」等等。「利用某種交通工具」的時候，都會用到「助詞で」。

「で」要怎麼翻譯？

● 翻譯時，「で」可以翻譯成「搭乘～」。如果是開車，就翻譯成「開～」；如果是騎摩托車，就翻譯成「騎～」，各種利用交通工具的形式，都是用「で」。
● 例如「開車去機場」，這樣的時候也是用「で」，會說「車で」（くるまで）。
● 「我要坐巴士去」則說：バスで行（い）きます。

「で」的用法很多樣

● 這裡的「で」和「學習目標 11」的「表示動作進行地點」的「で」發音一樣，但用法完全不同。所以看到「で」時，要判斷清楚這個「で」是哪一種用法。
● 上面的句子因為有「移動的動作」行きます（去），所以可以猜測「で」應該是「交通工具」。這一點也可以當成判斷「で」的意思的參考。

例文

● A：なん がっこう い
何で学校へ行きますか。（你搭什麼交通工具去學校呢？）
「搭什麼交通工具」＝何で（なんで）
● B：じてんしゃ い
自転車で行きます。（騎腳踏車去。）「我騎腳踏車」＝自転車で（じてんしゃで）
● A：Cさんも自転車で行きますか。（C 先生也是騎腳踏車去嗎？）
じてんしゃ い
● C：わたし ある い
いいえ、私は歩いて行きます。（不是，我是要走路去。）
這裡要特別注意「歩いて」（あるいて），表示「用走過去的」，因為沒有利用交通工具，所以不用再加「で」，直接說「歩いて行きます」就好。

❸ 土曜日に 私 は友達とタクシーで新 宿 へ行きます。
　（星期六我要和朋友搭計程車去新宿。）

土曜日に　私は　友達と　タクシーで　新宿へ　行きます 。

星期六　　我 要 和朋友　搭計程車 去 新宿。

解說

運用目前為止學過的助詞，已經可以說出很長的句子。
- 土曜日に（どようびに）＝「星期六」，「に」表示「動作進行時點」（學習目標10）
- 私は（わたしは）＝「我」，「は」表示「主語・主題」（學習目標1）
- 友達と（ともだちと）＝「和朋友」，「と」表示「動作夥伴」（學習目標8）
- タクシーで ＝「搭計程車」，「で」表示「交通工具」（學習目標13）
- 新宿へ（しんじゅくへ）＝「往新宿」，「へ」表示「方向」（學習目標12）
- 行きます（いきます）＝「去」

從「助詞」知道單字跟單字之間的關係

- 上面的句子有很多單字，土曜日、私、友達、タクシー、新宿…等等。因為有助詞，才知道單字跟單字之間的關係，而了解整句話的意義。例如：
  助詞「に」：「土曜日に」，知道：去新宿的動作時點
  助詞「は」：「私は」，知道：「動作主」是「我」
  助詞「と」：「友達と」，知道：「動作夥伴」是「朋友」
  助詞「で」：「タクシーで」，知道：「交通工具」是「計程車」
  助詞「へ」：「新宿へ行きます」，知道：「去的方向」是「新宿」

只要「助詞」正確，可以改變單字順序

- 譬如你可以這樣子說：
  土曜日に私は友達とタクシーで新宿へ行きます。

- 先講「私は」，並改變其他單字的順序也可以。變成：
  私は土曜日に新宿へ友達とタクシーで行きます。
  只要助詞搭配正確，單字的順序滿自由的。

● 不過，表示「時間」的單字，放在「動作主的前、後」比較好：
「土曜日に私は…」或是「私は土曜日に…」

● 「新宿」是地名，放在「行きます」前面，或是句子蠻前面的地方都可以。

● 在自然的會話中，通常不會把全部的細節都講得這麼清楚。例如，覺得「搭計程車」不太重要，可能就不講出來，變成：
土曜日に私は友達と新宿へ行きます。
根據你想表達的重點是什麼，將長句做取捨。只要助詞搭配正確，單字要怎麼搭配組合都可以。

● 明日、 私 は友 達 とバスで学 校 へ行きます。
（明天我要和朋友搭巴士去學校。）
如果「明日」改成「昨日」（きのう），後面要用「行（い）きました」。

● 要再提醒一次，「明日」後面不要放「に」（請參考學習目標10）。

● 這個句子也可以改變順序，變成：
明日、私はバスで友達と学校へ行きます。
明日、私は学校へ友達とバスで行きます。

❶ 今晩、手紙を書きます。（今晩，〈我〉要寫信。）
こんばん　てがみ　か

助詞：表示動作作用對象

今晩、 | 手紙 | を | 書きます | 。

今晩，（我） 要寫 信 。

解說

● 今晩（こんばん）＝「今天晚上」。手紙（てがみ）＝「信」。
● 書きます（かきます）＝「要寫」。
● 句子省略了「私は」（わたしは）。句子裡的「を」表示「動作作用對象」。

什麼時候要用「を」？

● 例如：寫→信，看→電視，吃→飯，都是有一個動作，作用到前面的對象，像這樣的時候，就要放「を」。「を」的用法有一點類似中文的—我要「把」這個東西怎麼樣的「把」，類似這種狀況的時候要用「を」。

● 也就是說：動作作用的對象＋を＋動作（動詞）。後面的動作，作用到「を前面的對象」。

例文

● 明日、友達と映画を見ます。（明天我和朋友要看電影。）
あした　ともだち　えいが　み
「見ます」（看）是「動作」，「見ます」的「對象」是「映画」（電影）。
句子裡的「と」表示「動作夥伴」。
● 昼、パンと卵を食べます。（中午我要吃麵包和雞蛋。）
ひる　　たまご　た
「昼」（ひる）＝「中午」。「パン」＝「麵包」。卵（たまご）＝「雞蛋」。
「食べます」（吃）是「動作」，「食べます」的「對象」是「パン」和「卵」。

這個「と」表示「並列關係」

● 特別說明的是，上面這句的「と」不是「動作夥伴」，而是表示「並列關係」
（…和…），等於英文的「and」。

助詞「を」很重要

● 助詞「を」非常重要，句子只要有「動作作用對象」，就會有「を」，所以造句時會常常用到「を」，是非常重要的助詞，請大家注意。

❷ 明日（あした）は 働（はたら）きません。（明天〈我〉不要工作。）

助詞：表示區別・對比

明日 は 働きません 。

明天（我） 不要工作 。

解說

● 明日（あした）＝「明天」。「は」是「助詞」，表示「區別・對比」。
● 働きません（はたらきません）＝「不要工作」。「動詞＋ません」表示「否定」。
● 和上個單元一樣，句子也省略了「私は」（わたしは）。

這個「は」表示「區別・對比」

● 句子裡的「は」不是表示主題的「は」，也不是表示動作主的「は」。這個「は」表示「區別・對比」，是「は」新的用法。
● 整句話的意思是：其他天會工作，但是除了明天，明天我不工作。這個時候的「は」，表示「區別・對比」。

例文

● 私（わたし）は野菜（やさい）と 魚（さかな）を食（た）べます。肉（にく）は食（た）べません。
（我會吃蔬菜和魚。肉的話，我不吃。）
這句話的意思是：我吃的食物範圍內，排除肉，我不吃肉。這個時候的「は」，表示「區別・對比」。
● A： 週末（しゅうまつ）、何（なに）をしますか。（〈你〉週末要做什麼呢？）
● B：土曜日（どようび）は友達（ともだち）と 食事（しょくじ）をします。日曜日（にちようび）は 働（はたら）きます。
（〈我〉星期六要和朋友吃飯。星期天則是要工作。）
這裡的「は」是將星期六和星期天做區別。意思是：星期天的話，我要工作；星期六的話；我要跟朋友吃飯。要分別說明星期六、日是在做什麼，這個時候要用「は」。

特別說明

● 在B的回答中，省略了「私は」（わたしは）。如果沒有省略則是：
（私は）土曜日は友達と食事をします。日曜日は働きます。
「私は」的「は」是「動作主」的「は」，只是被省略了。
而後面兩個「は」是「區別・對比」的「は」。

❸ 昨日、映画を見ました。（昨天〈我〉看了電影。）

昨日、映画 を　見ました　。

昨天 （我）　看了　電影。

解說

● 昨日（きのう）＝「昨天」。映画（えいが）＝「電影」。
● 「を」＝「助詞」，表示「動作作用對象」。見ました（みました）＝「看了」。
● 句子省略了「私は」（わたしは）。
● 「ました」是過去形，如果是明天的話，就要用「ます」，變成：
　明日映画を見ます。（明天〈我〉要看電影。）

什麼時候用「過去形」？

● 日文裡，「現在形」和「過去形」有很大的差異：
　昨天做的動作、或是1、2分鐘前做的動作，都用「過去形」ました。

什麼時候用「現在形」？

● 現在要做的、明天要做的、一個月後要做的動作，都用「現在形」ます。
● 每天固定的習慣、每天習慣要做的動作，也是用「現在形」。例如：
　（〈我〉每天6點起床。）每朝 六時に起きます。

例文

● A：昨日何をしましたか。（〈你〉昨天做了什麼呢？）
　是問「昨天」，所以要用「過去形」ました。「ました＋か」表示疑問。
● B：友達と食事しました。それから日本語を勉強しました。
　（〈我〉和朋友吃了飯，然後，唸了日文。）
　日本語を勉強しました。（我學了日文。）「を」表示「動作作用對象」。
● 句子裡的「それから」＝「然後」，是「接續詞」。如果你做了兩個動作，先做
　A動作再做B動作，兩個動作中間可以放「それから」：
　【先做】A動作＋それから（然後）＋【再做】B動作。

❹ 昨日(きのう)はゆっくり休(やす)みました。（昨天〈我〉好好地休息了。）

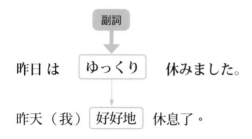

昨日　は　｜ ゆっくり ｜　休みました。

昨天（我）　｜ 好好地 ｜　休息了。

解說

● 昨日（きのう）＝「昨天」。「は」＝助詞，表示「區別・對比」。
● 「ゆっくり」＝「好好地」，是副詞。
● 休みました（やすみました）＝「休息了」，是昨天，所以用「過去形」ました。

副詞的功能

● 日語的「副詞」可以用來形容「動詞」。例如「休みました」（休息了）這個動詞，是「匆匆忙忙地」休息，還是「好好地」休息，需要有「副詞」來形容。上面的「ゆっくり」（好好地）就是副詞，用副詞來修飾，才能具體知道，是怎麼樣的休息。

副詞：いつも、よく、ときどき

舉例來說，「行きます」（去）這個動詞，如果加上副詞，就可以比較清楚地表現出「去的頻率或程度」：

● 例如，去百貨公司。如果是週末總是會去的話，就說：

いつも行(い)きます。（我總是會去。）「いつも」＝「總是」。

● 如果是每逢週末，四次裡面會去三次，就說：

よく行(い)きます。（我經常會去。）「よく」＝「經常」。

● 如果是有時候會去，則說：

時々(ときどき)行(い)きます。（我有時候會去。）時々（ときどき）＝「有時候」。

副詞：あまり、ぜんぜん＋否定

● 「あまり」這個副詞要特別注意，「あまり」一定要搭配否定形：

あまり行(い)きません。（我不常去。）「あまり」＝「不常」。

●如果是完全不會去，則說：

<ruby>全<rt>ぜん</rt></ruby><ruby>然<rt>ぜん</rt></ruby>行<ruby><rt>い</rt></ruby>きません。（我完全不去。）全然（ぜんぜん）＝「完全（不）」。
「全然」後面也是要搭配否定形。

上面所學的，都是表示「發生機率」的副詞，其他的副詞，留待以後再學。

例文

●Ａ：よく<ruby>図<rt>と</rt></ruby><ruby>書<rt>しょ</rt></ruby><ruby>館<rt>かん</rt></ruby>へ行<ruby><rt>い</rt></ruby>きますか。（〈你〉常常去圖書館嗎？）

　Ｂ：いいえ、<ruby>全<rt>ぜん</rt></ruby><ruby>然<rt>ぜん</rt></ruby>行<ruby><rt>い</rt></ruby>きません。（不，我完全不去。）

●Ｃ：<ruby>私<rt>わたし</rt></ruby>は<ruby>時<rt>とき</rt></ruby><ruby>々<rt>どき</rt></ruby>行<ruby><rt>い</rt></ruby>きます。（我有時候會去。）

❶ この街はにぎやかです。（這個城市很熱鬧。）

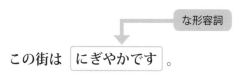

この街は にぎやかです 。

這個城市 很熱鬧 。

> 解說

● この街（このまち）＝「這個城市」。
● 「は」＝助詞，表示主題。「にぎやか」＝「熱鬧」，是「な形容詞」。

> 「な形容詞」的「肯定形」和「否定形」

● 本書一開始時，先出現名詞、再來出現動詞、還有上個單元出現一點點的副詞。而這裡所出現的「にぎやか」（熱鬧）是形容樣態的形容詞。如果要更清楚定義，就是「な形容詞」。

● 「な形容詞」的「肯定形」和「否定形」：
 肯定形：にぎやかです（很熱鬧）
 否定形：にぎやかじゃありません（不熱鬧）

● 「な形容詞」的「肯定形」和「否定形」跟名詞一樣：
 名詞肯定形： 私 は日本 人です。（我是日本人。）
 名詞否定形： 私 は日本 人じゃありません。（我不是日本人。）

> な形容詞＋な＋名詞

● 但是，「な形容詞」和「名詞」仍有差異：

 名詞 ＋の＋ 名詞 例如：貿易会社の社員（貿易公司的職員）

 な形容詞 ＋な＋ 名詞 例如：きれいな花（漂亮的花）

● 兩者的中文翻譯都有「的」，可是「な形容詞」接名詞時，名詞前面要有「な」。叫「な形容詞」的原因，就是因為接名詞的時候要有「な」。

● 「な形容詞」的「肯定形」和「否定形」跟名詞一樣，但當後面接名詞時，就和名詞不一樣。

● A：東京はとてもにぎやかですね。大阪はどんな所ですか。

（東京非常熱鬧耶。大阪是什麼樣的地方呢？）

「とても」＝「非常」，是副詞。「どんな」＝「什麼樣的」。

● B：大阪もにぎやかな所ですよ。（大阪也是熱鬧的地方喔。）

所（ところ）＝「地點」，是名詞。所以：にぎやか＋な＋所

● A：京都はどうですか。（京都是怎麼樣的呢？）

「どう」＝「怎麼樣」。

● B：京都は静かです。（京都很安靜。）

静か（しずか）＝「安靜」，也是な形容詞。「不安靜」則說：

静かじゃありません。

❷ 今日は寒いです。（今天很冷。）

今日は　寒いです　。

今天　很冷　。

解說

● 今日（きょう）＝「今天」。「は」＝助詞，表示主題。
● 寒い（さむい）＝「寒冷」，是「い形容詞」。

い形容詞

● 上一個單元出現「な形容詞」，這個單元的「寒い」則是「い形容詞」。
● 「い結尾」是「い形容詞」的特徵，「い形容詞」肯定形都是「～いです」。
● 但是要注意，「な形容詞」也有い結尾的，不要誤以為是「い形容詞」。
　（補充說明）「な形容詞」的字尾不固定，有的是「き」結尾，有的是「か」結尾，有的是「い」結尾。

「い形容詞」的「肯定形」和「否定形」

● 上面的句子是「い形容詞」的肯定形，而「い形容詞」的否定形則要注意：
　肯定形：「～いです」，例如：寒いです（很冷）
　否定形：「～い＋くないです」，去掉字尾「い」變成「くない」。例如：
　寒くないです（不冷）

い形容詞＋名詞

● 上一個單元學過： 名詞 ＋の＋ 名詞 ， な形容詞 ＋な＋ 名詞 。
● 「い形容詞」接名詞時，是： い形容詞 ＋ 名詞 。例如：
　（○）大きい会社（很大的公司）
　（Ｘ）大きいの会社

● 下面是錯誤說法，「い形容詞」直接接名詞，中間不可以加任何東西。這一點是很多學日文很久的人也會搞錯的，一定要特別注意。

●この 料理は 辛いです。（這道菜很辣。）
　辛い（からい）＝「很辣」，是「い形容詞」。

●Ａ：日本は今、 暖かいです。タイはどうですか。
　　（日本現在很溫暖。泰國是怎樣的呢？）
　　暖かい（あたたかい）＝「很溫暖」，也是「い形容詞」。

●Ｂ：タイはとても暑いです。（泰國非常炎熱。）
　　「とても」＝「非常」。
　　暑い（あつい）＝「很熱」，也是「い形容詞」。

希望：「〜たい」的用法

❸ すき焼きを食べたいです。 （〈我〉想要吃壽喜燒。）

解說

- すき焼き（すきやき）＝「壽喜燒」。
- 食べたいです（たべたいです）＝「想要吃」。
  食べます（要吃），「ます」改成「たい」就變成「想吃」。

「たい」的用法

- 任何動詞，只要把「ます」改成「たい」意思就不一樣。例如：
  行きます（要去）→ 行きたい（想去）。見ます（要看）→ 見たい（想看）。

「たい」的「肯定形」和「否定形」

- 「食べます」是動詞，但變成「食べたいです」，就要視為「い形容詞」。
  肯定形：食べたいです（想吃）
  否定形：食べたくないです（不想吃）

- 「否定形」的表現方式是：
  「食べたい＋くないです」，去掉字尾「い」變成「くない」。
  這跟「い形容詞」的否定形變化一樣，請注意。

例文

- 日本へ行きたいです。（〈我〉想要去日本。）
- a：今、何を食べたいですか。（〈你〉現在想要吃什麼呢？）
- b：甘い物を食べたいです。（〈我〉想要吃甜的東西。）

❶ 私 は日本語が少しわかります。（我懂一點點日語。）
_{わたし にほんご すこ}

 解說

● 私（わたし）＝「我」。
● 日本語（にほんご）＝「日語」。
● 「が」＝是「助詞」，表示「焦點」。
● 少し（すこし）＝「一點點的」，是副詞。
● 「わかります」＝「懂」。

「を」和「が」的差異

● 之前學過這樣的句子：日本語を 勉 強 します。（要學日語。）
_{にほんご べんきょう}

● 比較一下這個句子：日本語がわかります。（懂日語。）
_{にほんご}

● 「勉強します」和「わかります」都是動詞，但是搭配的「助詞」不一樣，一個是「を」，一個是「が」，意思也不同。

● 「を」：表示「動作作用對象」，「勉強します」是一種動作，例如翻一翻書、聽聽老師上課等等，是一種大家都想像得到的具體動作。

● 但是「わかります」（懂）是沒有動作的，所以「わかります」不能搭配「表示動作作用對象」的助詞「を」。

「わかります」是「狀態動詞」

● 「わかります」這種動詞是「狀態動詞」，沒有具體動作，但是是屬於動詞。

「が」表示「焦點」

● 「狀態動詞」要搭配助詞「が」，「が」表示「焦點」：
日本語がわかります。「懂」什麼呢？懂「日語」這個東西。
_{にほんご}

● A： 中国語<ruby>中国語<rt>ちゅうごくご</rt></ruby>がわかりますか。（〈你〉懂中文嗎？）

● B：はい、<ruby>少<rt>すこ</rt></ruby>しわかります。（是的，懂一點點。）

● <ruby>私<rt>わたし</rt></ruby> はお<ruby>金<rt>かね</rt></ruby>が<ruby>全然<rt>ぜんぜん</rt></ruby>ありません。（我完全沒有錢。）
　「ありません」＝「沒有」。

●「あります」（有）和「ありません」（沒有）也是「狀態動詞」，不能搭配
　「表示動作作用對象」的「を」。

●「沒有」的焦點是什麼？是「錢」，所以用：お金が全然ありません。

❷ 時間(じかん)がありませんから、タクシーで行(い)きます。
（因為沒有時間，〈所以〉要搭計程車去。）

解說

● 時間（じかん）＝「時間」。「が」＝助詞，表示「焦點」。
「ありません」＝「沒有」。
●「から」＝助詞，翻譯成「因為」，表示「原因・理由」。
「原因・理由」＋「から」，表示：因為這個原因理由，所以……。
●「タクシーで」＝「搭計程車」
● 行きます（いきます）＝「去」

例文

● お金(かね)がありませんから、どこも行(い)きたくないです。
（因為沒有錢，〈所以〉哪裡也不想要去。）
「行きたくないです」＝「不想去」
像這樣的句子，「から」前面就是「哪裡都不想去」的原因理由。
● 日本(にほん)のアニメが好きですから、日本語(にほんご)を勉強(べんきょう)します。
（因為喜歡日本的卡通，〈所以〉要學日文。）
「から」前面是原因理由，所以學日文的原因是因為喜歡日本的卡通。
● A：どうして昨日(きのう)、学校(がっこう)へ来(き)ませんでしたか。
（為什麼昨天沒有來學校呢？）
「どうして」是很重要的疑問詞，表示「為什麼」。
　B：疲(つか)れましたから。（因為很累。）

結語

● 表達「原因理由」的方法，簡單的說，就是「原因」＋ 助詞「から」。

❸ 机 の上にりんごがあります。（桌上有蘋果。）

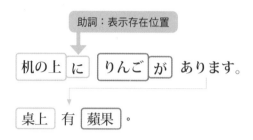

解說

● 机の上（つくえのうえ）＝「桌上」。「に」＝助詞，表示「存在位置」。

……に……が……あります

● 之前學過「表示動作進行時點」的「に」，其實「に」還有很多用法。
● 這裡要學的是：存在位置＋に＋某東西＋が（表示焦點）＋あります。

「います」和「あります」

● 要注意的是：如果是有生命的，不能用「あります」，要用「います」。
● 例如：あそこに子供がいます。（那邊有小孩。）
　人或動物是有生命的，所以要用「います」。
● 如果是沒有生命的，則用「あります」，例如：
　机 の上に本とノートがあります。（桌上有書和筆記本。）
● 句子裡的「と」之前學過，表示「並列關係」，意思等於「and」。
● 如果桌上有很多東西，全部說出來有一點麻煩，則可以說：
　机 の上に本やノート（など）があります。（桌上有像書啊、還有筆記本等等。）
● 助詞要用「や」，表示「舉例」。「など」是「等等」，可以省略，漢字是「等」。
● 也許桌上還有其他東西，但是只列舉其中作為代表時，可以用這種表現方式。

例文

● A：部屋に誰がいますか。（房間裡有誰呢？）
　　「に」是「存在位置」，人是有生命的，所以用「います」。
　B：田中さんがいます。（有田中先生。）
● A： 京 都に何がありますか。（京都有什麼呢？）
　B：古いお寺や神社があります。（有古老的寺廟啊、神社等等。）
　　「に」是「存在位置」，寺廟神社都沒有生命，所以用「あります」。

❹ りんごは 机 の上にあります。（蘋果在桌上。）
<small>つくえ　うえ</small>

りんご は 机の上 に あります。

蘋果 在 桌上 。

解說

● 「りんご」＝「蘋果」。机の上（つくえのうえ）＝「桌上」。
● 「に」＝助詞，表示「存在位置」。
● 「あります」，這裡要翻譯成「在」。

……は……に……あります

● 這裡要學的是：某東西＋は＋東西的存在位置＋に＋あります。
● 跟上一個單元所學的一樣：
　 如果是有生命的人或動物，不能用「あります」，要用「います」。例如：
　 家族は東京にいます。（家人在東京。）
　 <small>かぞく　とうきょう</small>

例文

● A：山田さんはどこにいますか。（山田先生在哪裡呢？）
　 <small>やまだ</small>
　 B：会議室にいます。（在會議室。）
　 <small>かいぎしつ</small>
　 　 山田さんは有生命的人，所以用「います」。

● A：トイレはどこにありますか。（廁所在哪裡呢？）
　 B：2階にあります。（在2樓。）更簡單的回答法是：2階です。
　 <small>にかい　　　　　　　　　　　　　　　　　　　　　　　　　　　にかい</small>
　 　 トイレ是無生命的，所以用「あります」。

前後兩個單元的比較

　 那麼，說明一下這個單元和上個單元的差別：

● 机の上にりんごがあります。（桌上有蘋果。）
　 <small>つくえ　うえ</small>
　 存在位置 ＋に＋ 東西 ＋が＋あります
　 存在位置 ＋に＋ 人或動物 ＋が＋います

重點是：
東西和人

這是我發現桌上有蘋果，然後我想把這件事告訴對方的用法。或是我發現那裡有小孩，想把這件事告訴對方時的用法。如果自己（我）發現東西或人的存在時，請用此用法。重點是「東西和人」。

● りんごは 机 の 上 にあります。（蘋果在桌上。）

| 東西 | +は+ | 存在位置 | +に+あります |

| 人或動物 | +は+ | 存在位置 | +に+います |

> 重點是：
> 存在位置

這個是假設對方問我：咦，昨天買的蘋果在哪裡？然後我回答：那個蘋果在桌上。或是有人問我：山田先生在哪裡？然後我回答：山田先生在會議室。如果是要說明某物或某人的存在位置，請用此用法。重點是「存在位置」。

❶ もう晩ご飯を食べましたか。（已經吃了晚飯嗎？）

| もう | 晩ご飯を | 食べました | か。 |

| 已經 | 吃了 | 晚飯 | 嗎？ |

解說

● 「もう」＝「已經」。晩ご飯（ばんごはん）＝「晚飯」。
● 食べました（たべました）＝「吃了」。「か」＝「疑問詞」

這句話要怎麼回答？

● 「Yes」→ はい、もう食べました。（是的，已經吃過了。）

● 「No」→ いいえ、まだです。（不，還沒）。「まだです」＝「還沒」。

「もう」一定要搭配「ました」嗎？

● 答案是：不一定。例如：
　20時ですね。じゃ、もう帰ります。（八點了耶，那麼，我已經該回去了。）
● 「もう」表示：由前面的狀態，變成後面的狀態。
● 從這個句子的情境來看就是：
　由前面的狀態（還在朋友家不用回去），變成後面的狀態（要回去）。所以要用「もう」。
● 因為意思是「我現在已經該回去了」，所以要說「もう帰ります」，要用現在形「ます」，不能用過去形「ました」。

例句

● A：もうあの映画を見ましたか。（已經看了那部電影嗎？）

　B：いいえ、まだです。明日友達と見ます。（不，還沒〈看〉。明天要和朋友去看。）

● A：もう２１時ですよ。帰りませんか。（已經晚上九點囉。要不要回去呢？）
　　「～ませんか」＝「邀請、邀約」。

　B：そうですね、帰りましょう。（是啊，我們回去吧。）

❷ 私 は友達に電話をかけました。（我打了電話給朋友。）

解說

- 私は（わたしは）＝「我」，表示「動作主」。
- 友達に（ともだちに）＝「給朋友」，這裡的「に」是表示「動作的對方」
- 電話（でんわ）をかけました＝「打電話」，「を」表示「動作作用對象」。

一個句子有兩個「目的語」

- 「に」的用法很多，有的表示「動作進行時點」，有的表示「存在位置」。這裡的「に」表示「動作的對方」。

- 上面句子的結構是這樣：

  動作主 は 動作的對方 に 動作作用對象 を 動詞（動作）

  動詞（動作）有兩個目的語，一個是「動作的直接作用對象」（助詞用を），一個是「動作的對方」（助詞用に）。

例文

- 友達に C D を貸しました。（〈我〉借了CD給朋友。）
  貸しました（かしました）＝「借出去」。句子省略了「私は」（わたしは）。
- 私 はFAXで会社にレポートを送りました。
  （我用傳真的方式傳送報告給公司。）
  私は（わたしは）＝「動作主」。
  送りました（おくりました）＝「寄送了、傳送了」。
  動作的對方是「会社」に＝「公司」。傳送的東西是「レポート」を＝「報告」。
- 「ＦＡＸで」的「で」是表示「用某種方式」。日文的「に」和「で」有很多種用法，要特別注意。

❸ 私<ruby>わたし</ruby> は母<ruby>はは</ruby>にカードをあげました。（我送卡片給媽媽。）

私は｜母｜に｜カード｜を｜あげました。

我 送｜卡片｜給｜媽媽｜。

解說
- 私は（わたしは）＝「我」，表示「動作主」。
- 母（はは）＝「媽媽」。「カード」＝「卡片」。
- 「あげました」＝「給」。

あげました
- 這個單元要學的是「授受動詞」，表達「東西的給予」。
- 日文有三種常用的「授受動詞」，（）內為過去形：
  - （1）あげます（あげました）＝給（給了）
  - （2）もらいます（もらいました）＝收到（收到了）
  - （3）くれます（くれました）＝給（給了）
- 和上個單元的結構相同，動詞（動作）有兩個「目的語」：

　動作主　は　動作的對方　に　動作作用對象　を　動詞（動作）

「私は」＝「動作主」。「動作的對方」＝「母に」。
「動作作用對象」＝「カード」。「動作」＝「あげました」。
上面句子所表達的是：我給媽媽（我→媽媽），動詞用「あげました」。

もらいました
- 私<ruby>わたし</ruby> は母<ruby>はは</ruby>にセーターをもらいました。（我從媽媽那裡收到了一件毛衣。）
「セーター」＝「毛衣」。「もらいました」＝「收到了」。

- 如果只有說「私は母にセーターを」可能有兩種意思：
私は母にセーターをあげました。（我給了媽媽一件毛衣。）
私は母にセーターをもらいました。（我從媽媽那裡收到了一件毛衣。）

- 「私は」是「動作主」，最後一個動詞代表「動作主」的動作，最後的動詞，決定句子的真正意思。例如：

  「私は……あげました」＝「我給了……」。

  「私は……もらいました」＝「我收到了……」。

くれました

- 如果是「媽媽給我一件毛衣」，媽媽給我（我←媽媽），不能用「あげました」，要用「くれました」：
- 「あげました」＝「我給別人」。不能使用於：「別人給我」。
- 因為「あげます」的意思是：把東西往上舉起、獻給別人。如果說別人對我獻上，顯得不謙虛，沒有禮貌。
- 「上對下」的給予，要用「くれます」，所以「媽媽給了我」就用「くれました」。
- 在中文來說，意思都是「給」，但是：

  「別人給我」（我←別人）：用「くれました」。

  「我給別人」（我→別人）：用「あげました」。

「もらいました」和「くれました」的差異

- 私は母にセーターをもらいました。（我從媽媽那裡收到了一件毛衣。）

  母は私にセーターをくれました。（媽媽給了我一件毛衣。）

  這兩句的意思都是「私←母」（我從媽媽那裡收到、媽媽給我），但是可以有兩種說法，兩個「動作主」不同：

  第一個句子：「動作主」＝「私は」

  第二個句子：「動作主」＝「母は」

- 如果要區分兩者的差異：

  「くれました」：是「媽媽主動送我」的感覺。

  「もらいました」：是「我一直想要毛衣，結果媽媽送我」的感覺。

- 兩者在語感上有一點點不同，但其實都是「私←母」（媽媽那邊的毛衣移動到我這邊）這樣的概念。

「別人給我的自己人」也用「くれました」

- 如果是「別人給我的自己人」（給我妹妹、弟弟…等等）時，也用「くれました」：

  友達は 私の 妹 に本をくれました。（朋友送了一本書給我妹妹。）
- 不能用「あげました」，因為朋友不需要對我妹妹用「雙手獻上」的動作。我跟妹妹是一家人，同樣要對朋友表現出謙虛，視「朋友的給予」為「上對下」的給予，所以用「くれました」。

● 要記得，「別人給我的自己人」的時候，也用「くれました」。

● 私(わたし)は父(ちち)にネクタイをあげます。（我要送給爸爸一條領帶。）
● 私(わたし)は友達(ともだち)にカードをもらいました。（我從朋友那裡收到了卡片。）
  友達(ともだち)は私(わたし)にカードをくれました。（朋友送了我一張卡片。）

後面這兩句都是一樣的狀況，都是「私←友達」（朋友給我），用「もらいました」或「くれました」都可以。

❶ りんごを三つ（みっか）買いました。（〈我〉買了三個蘋果。）

りんご　を　三つ　買いました。

買了　三個　蘋果。

量詞

● 這裡要學「量詞」。「量詞」最理想的位置，是放在動詞的正前方。

りんごを買（か）いました。（買了蘋果。）

りんごを三つ（みっか）買（か）いました。（買了三個蘋果。）

各種「量詞」

● 像蘋果之類的東西，「量詞」用「～個」：
一つ（ひとつ）、二つ（ふたつ）、三つ（みっつ）、四つ（よっつ）、
五つ（いつつ）、六つ（むっつ）、七つ（ななつ）、八つ（やっつ）、
九つ（ここのつ）、十（とお）
（一個、兩個、三個、四個、五個、六個、七個、八個、九個、十個）
● 比較薄的東西，一張、兩張…，「量詞」用「～枚」（まい）
● 一次、兩次、三次…，「量詞」用「～回」（かい）
● 一台、兩台…機器或車輛，「量詞」用「～台」（だい）
● 一個人幾歲，「量詞」用「～歲」（さい）

「量詞」的發音

● 講「量詞」的時候，要搭配「數值」1、2、3、4、…11、12…等等。
● 「1」通常發音「いち」。「6」通常發音「ろく」。「8」通常發音「はち」。
「10」通常發音「じゅう」。但搭配不同的「量詞」時，「1、6、8、10」的發音會改變。

「1、6、8、10」的「量詞」發音

1（いち）＋ か行 、 さ行 、 た行 、 は行 量詞 →「促音いっ」
6（ろく）＋ か行 、 —— 、 —— 、 は行 量詞 →「促音ろっ」
8（はち）＋ か行 、 さ行 、 た行 、 は行 量詞 →「促音はっ」

10（じゅう）＋ か行 、 さ行 、 た行 、 は行 量詞→「促音じゅっ」

● 〈例〉～回（かい）：是 か行 （屬於上述的原則）：
　1回（いっかい）。6回（ろっかい）。8回（はっかい）。
　10回（じゅっかい）。

● 〈例〉～歳（さい）：是 さ行 （1、8、10屬於上述的原則）：
　1歳（いっさい）。6回（ろくさい）。8歳（はっさい）。
　10歳（じゅっさい）。

● 〈例〉～枚（まい）：是 ま行 （不屬於上述的原則）：
　1枚（いちまい）。6枚（ろくまい）。8枚（はちまい）。
　10枚（じゅうまい）。

　例文

● 写真を 3 枚撮りました。（照了三張照片。）
● みかんを 8 つ食べました。（吃了八顆橘子。）

❷ 一週間に2回日本語を勉強します。
（〈我〉一星期要學兩次日文。）

助詞：表示分配單位

一週間 に 2回 日本語 を 勉強します。

一個禮拜 學 兩次 日文。

解說

● 一週間（いっしゅうかん）＝「一週的期間」。日本語（にほんご）＝「日文」。
● 勉強します（べんきょうします）＝「學習」。

「に」：表示「分配單位」

● 這個單元的重點，是「一週間に2回」（一週有兩次）這樣的說法。
　　文型的結構是： 一段期間 ＋に＋ 次數、小時數…
　　「に」＝助詞，表示「分配單位」，是從 存在位置 演變過來的用法，表示「這個期間內，有幾次、幾小時…」。

● 「這個期間內，有兩次的機會」學日文，這個時候要用助詞「に」。

例文

● A：一週間に何回英語を勉強しますか。
　　（一星期（的期間）要學幾次英文呢？）
● B：4回勉強します。1回に4時間勉強します。
　　（要學四次。一次（的期間）學習四小時。）
● A：じゃあ、一週間に16時間ですね。すごいですね。
　　（那麼，一星期（的期間）是十六個小時囉。真了不起耶。）
　　第一個「ね」，是表示「再確認」的意思。
　　第二個「ね」是表示「感嘆」的意思。

● 上面對話中的「に」，都是表示「分配單位」：
　　一週間に何回（一週幾次）。1回に4時間（一次四小時）。
　　一週間に16時間（一週16個小時）。

❸ 昨日（きのう）は 4 時間（よじかん）しか寝（ね）ませんでした。（〈我〉昨天只睡了4小時而已。）

昨日　は　4時間　しか　寝　ません　でした。

昨天　只　睡了　4個小時　而已　。

解說

這個單元要學「量詞」後面接「助詞」的用法。
- 昨日（きのう）=「昨天」。
- 「は」= 助詞，表示「區別」。
- 4 時間（よじかん）= 4 個小時，是量詞。
- 「しか」=「只有⋯而已」。
- 寝ませんでした（ねませんでした）是「過去形否定」。

助詞「しか」＋否定形

- 句子的結構是：量詞（4 小時）＋しか＋否定形。
  量詞後面放一個特別的助詞「しか」，表示「只有睡了 4 個小時而已」。
- 要注意的是：「しか」一定要搭配「否定形」，但是要翻譯成「肯定形」。

「量詞」後面的「助詞」：も、しか、だけ、ぐらい、は

- 量詞＋も：強調「重、厚、長、大、多」。例如：
  ケーキを 8 個（はっこ）も食（た）べました。（吃了 8 個那麼多的蛋糕。）
  使用「も」，來強調 8 個的「量多」。

- 量詞＋しか ＋否定形：強調「輕、薄、短、小、少」，強調「只有⋯而已」。例如：
  財布（さいふ）に 1 0 円（じゅうえん）しかありません。（錢包裡只有 10 塊錢而已。）
  使用「しか」來強調 10 塊錢的「量少」，後面一定要用「否定形」。

- 覺得多或少是很主觀的，如果覺得吃了 8 個蛋糕很少，也可以用：
  8 個（はっこ）しか食（た）べませんでした。（只有吃了 8 個蛋糕而已。）

- 量詞＋だけ ：強調「只有…」，指「有限定範圍」。例如：

　　１０分だけ休みましょう。（我們只休息10分鐘吧！）
　　（じゅっぷん）（やす）
　　只有休息10分鐘，就是限定在10分鐘這個範圍內。

- 量詞＋ぐらい ：強調「…左右」。例如：

　　財布に５００元ぐ(く)らいあります。（錢包裡有500元左右。）
　　（さいふ）（ごひゃくげん）
　　「ぐらい」跟「くらい」都可以，意思一樣。

- 量詞＋は ：強調「至少」。例如：

　　財布に1000元はあります。（皮包裡至少有1000元。）
　　（さいふ）（せんげん）

❶ 昨日<ruby>きのう</ruby>は 雨<ruby>あめ</ruby>でした。（昨天是下雨天。）

名詞：過去肯定形

昨日は　| 雨でした |　。

昨天　是　下雨天。

解說

● 昨日（きのう）＝「昨天」。雨（あめ）＝「下雨天」。「でした」可以翻譯為「是」。

● 之前學過了「名詞肯定形現在形」用「です」;「名詞肯定形過去形」則是用「でした」。

名詞四態

● 名詞有四態,分別是：現在肯定、現在否定、過去肯定、過去否定。

	肯定形	否定形
現在形	〜です 例：雨<ruby>あめ</ruby>です。 （下雨）	〜じゃありません 例：雨<ruby>あめ</ruby>じゃありません。 （沒有下雨）
過去形	〜でした 例：雨<ruby>あめ</ruby>でした。 （〈過去〉下雨）	〜じゃありませんでした 例：雨<ruby>あめ</ruby>じゃありませんでした。 （〈過去〉沒有下雨）

例文

● 上田<ruby>うえだ</ruby>さんは 3 年 前<ruby>さんねんまえ</ruby>、学 校<ruby>がっこう</ruby>の 先 生<ruby>せんせい</ruby>でした。今<ruby>いま</ruby>は 会 社 員<ruby>かいしゃいん</ruby>です。
（上田先生三年前是學校的老師,現在是公司職員。）

● 現在的事情用「現在形」,所以→ 今は会社員です

● 3 年前的事用「過去形」,所以→ 3 年前、学校の先生でした

● A：昨日<ruby>きのう</ruby>は 雨<ruby>あめ</ruby>でしたか。（昨天是下雨天嗎？）

● B：いいえ、雨<ruby>あめ</ruby>じゃありませんでしたよ。（不,不是下雨天喔。）

❷ １０年 前（じゅうねんまえ）、この街（まち）はにぎやかじゃありませんでした。
（10年前，這個城市不熱鬧。）

な形容詞：過去否定形

10年前、この街は　にぎやかじゃありませんでした　。

10年前， 這個城市 不熱鬧。

解說

● 10 年前（じゅうねんまえ）＝「10 年前」。
● この街（このまち）＝「這個城市」。
● 「にぎやか」＝「熱鬧」，是「な形容詞」。
● 跟名詞一樣，「な形容詞」的過去形否定也是「〜じゃありませんでした」。
● 「にぎやかじゃありませんでした」＝〈過去〉「不熱鬧」。

「な形容詞」四態

● 「な形容詞」四態為：現在肯定、現在否定、過去肯定、過去否定。變化方式跟名詞一樣。

	肯定形	否定形
現在形	〜です 例：にぎやかです。 （熱鬧）	〜じゃありません 例：にぎやかじゃありません。 （不熱鬧）
過去形	〜でした 例：にぎやかでした。 （〈過去〉熱鬧）	〜じゃありませんでした 例：にぎやかじゃありませんでした。 （〈過去〉不熱鬧）

「な形容詞」和「名詞」的差異

● 「な形容詞」和「名詞」後面接名詞的時候，有不同的原則，複習一下：
　「名詞」＋の＋名詞

　「な形容詞」＋な＋名詞。例如：綺麗（きれい）な 花（はな）（漂亮的花）。

● 昔、ここはとても静かでした。（很久以前，這裡非常安靜。）

　昔（むかし）＝很久以前（至少10年以前）。

　「静か」＝「安靜」，是「な形容詞」。

● 昨日、高校の友達に会いました。みんな元気でした。

　（昨天我遇到高中的朋友，大家都很有精神。）

　「会いました」＝「会います」的過去形。

　「元気」＝「有精神、健康」，是「な形容詞」。

い形容詞：過去形

❸ 日本<ruby>旅行<rt>にほんりょこう</rt></ruby>は<ruby>楽<rt>たの</rt></ruby>しかったです。（日本旅行〈當時〉很快樂。）

い形容詞：過去肯定形

日本旅行は　楽しかったです　。

日本旅行　　（當時）很快樂。

解說

● 日本旅行（にほんりょこう）＝「日本旅行」。
● 「楽しかったです」＝「很快樂」，這是「い形容詞過去形」的表現方式。
● 已經去過、去旅行回來了，再說旅行很好玩，所以要用過去形。

「い形容詞」四態

● 「い形容詞」四態，分別是：現在肯定、現在否定、過去肯定、過去否定。

	肯定形	否定形
現在形	〜いです 例：たのしいです。 （很快樂）	〜い→くないです 例：たのしくないです。 （不快樂）
過去形	〜い→かったです 例：たのしかったです。 （〈過去〉很快樂）	〜い→くなかったです 例：たのしくなかったです。 （〈過去〉不快樂）

● 現在否定：要去掉字尾的「い」，變成く＋ないです
● 過去否定：要去掉字尾的「い」，變成く＋なかったです

例文

● A：<ruby>旅行<rt>りょこう</rt></ruby>はどうでしたか。（旅行怎麼樣了呢？）
　　「どう」（如何、怎麼樣）在變化上屬於「な形容詞」，所以過去形要用「でした」。
　　問句則是「どうでしたか」（怎麼樣了呢？）
● B：とてもおもしろかったです。（非常有趣。）「とても」＝「非常」，是副詞。
● 已經旅行回來了，再問那個時候你覺得怎麼樣呢？
　回答的立場是覺得「旅行的當時」很有趣，所以用「過去形」的「〜かったです」來表達當時的感想。

❹ 料理ができました。（料理煮好了。）

料理が　できました　。

料理　煮好了　。

解說

● 「できます」（現在形）＝「完成動作」。
● 「できました」（過去形）＝「完成了、東西做出來了」。
● 「できました」要視前面的內容，做彈性翻譯。例如：
　料理ができました。（料理煮好了。）
　ビルができました。（大樓建好了。）ビル＝「大樓」。

什麼時候該用「現在形」？

● 未來要做的動作
　日語的現在形包含未來的概念，所以下個月要做的事，用「現在形」。例如：
　来月、日本へ行きます。（〈我〉下個月要去日本。）
　未來將要進行的事，要用「現在形」來表現。

● 未來的狀態（非動作）
　未來的狀態也是用「現在形」。例如「未來」我是大學生：
　来年、私は大学生です。（明年我是大學生。）

● 現在將要做的動作
　現在將要進行的動作，例如：
　8時ですね。私は帰ります。（8點了，我要回去了。）
　現在我要回去了，現在將要進行的動作，也是用「現在形」。

● 現在目前的狀態（非動作）
　現在正在吃拉麵，這個拉麵很好吃。則說：
　このラーメンはおいしいですね。（這個拉麵很好吃喔～）
　現在正在吃、現在正在感受的感覺可以用「現在形」。

● 一般的事實（動作）

北海道是什麼樣的地方？北海道は雪が降ります。（北海道會下雪。）

這是一般不變性的事實，這個時候也是用「現在形」。

● 一般的事實（非動作）

這是「い形容詞」的例子：地球は丸いです。（地球是圓的。）

這個是大家都知道的不變的事實狀態，也是用「現在形」。

● 習慣性動作（動作）

從過去到現在、甚至未來，我固定會做的動作，也用「現在形」。例如：

私は毎日6時に起きます。（我每天六點起床。）

什麼時候該用「過去形」？

● 過去的動作

昨日、図書館へ行きました。（昨天〈我〉去了圖書館。）

昨天我所做的動作，要用「過去形」。

● 動作的完成

料理ができました。（料理煮好了。）

現在我完成了一個動作，這時候要用「過去形」。

● 過去的狀態（表示跟現在不一樣）

10年前、この街は静かでした。（10年前這個城市很安靜。）

這個是10年前的狀態，所以用「過去形」静かでした。

● 當時的感受

例如：上週去東京，那個時候我覺得東京很熱鬧，屬於上週去東京時的感受，可以用「過去形」。

東京はにぎやかでした。（東京很熱鬧。）

● 事態的判明、發現

火事の原因はタバコの火でした。（火災的原因是因為香菸的火。）

不知道的、變成知道了；經過調查後知道了，這樣的時候也用「過去形」。

❶ 京都は東京より静かです。（京都比東京安靜。）

> 助詞：表示比較基準

京都は ☐東京☐ ☐より☐ 静かです。

京都 ☐比☐ ☐東京☐ 安靜。

解說

● 京都（きょうと）＝「京都」，是日本古老的首都。
● 東京（とうきょう）＝「東京」，是日本現在的首都。
● 静かです（しずかです）＝「安靜」。

「より」：比

● 「より」＝「比…」，是助詞，表示「基準」。
● 可以說：京都は静かです。（京都很安靜。）可是如果有比較的對象，就能清楚知道到底有多安靜。這時候可以用「より」來做比較。
● 「比較的基準」＋「より」：用來比較地方、人…等。句子裡的「東京」是比較的基準，所以用「東京より」。

「より」的位置

再來是比較看看「北海道」和「九州」：
● 北海道は九州より大きいです。（北海道比九州大。）
  北海道比較大，九州是「比較的基準」。如果把九州放在前面：
  九州より北海道は大きいです。（和九州相比，北海道比較大。）
  不論「より」放在哪裡，這兩句話的意思都一樣。
● 從上面的例子可以看出：「助詞」很重要，「助詞」影響句義，要從「助詞」來判斷句義，而不是用單字的順序，這樣才能正確掌握日文句子。

例文

● 私は高橋さんより背が低いです。（我比高橋先生矮。）「背が低い」＝「矮」。
● 東京の物価は大阪より高いです。（東京的物價比大阪貴。）
  高い（たかい）＝「貴的、高的」。

❷ 北海道は沖縄ほど暑くないです。（北海道沒有像沖繩那麼熱。）

北海道は 沖縄 ほど 暑くないです。

北海道 沒有 像 沖繩 那麼 熱。

解說

這個單元也是學習「比較」的說法。

● 北海道（ほっかいどう）是「北海道」。

● 沖縄（おきなわ）＝「沖繩」。

● 暑くないです（あつくないです）＝「不熱」。

「ほど」＋「否定形」：沒有像…那麼

● 「ほど」＝是助詞，表示「程度」。

● 到底是怎麼樣的不熱，如果有比較的基準，就更容易了解。這時候可以用「ほど」來做比較。

● 「比較的基準」＋「ほど」＋「否定形」，表示「沒有像…那麼」。句子裡「沖縄」是比較的基準，所以用「沖縄ほど…くないです」。

例文

● 今年の冬は去年の冬ほど寒くなかったです。

（今年的冬天沒有像去年的冬天那麼冷。）

「寒くなかったです」是「寒くないです」的過去形。

也就是說，去年的冬天比較冷。

● 這句話如果用「より」來表示則是：

去年の冬は今年の冬より寒かったです。（去年的冬天比今年的冬天冷。）

❸ 大阪と福岡とどちらが人が多いですか。
（大阪和福岡，哪一個地方人比較多呢？）

可省略

大阪 と 福岡 (と) どちら が 人が 多いですか。

大阪 和 福岡 哪一個 人 比較 多？

「どちら」的用法

● 大阪と福岡と（大阪和福岡），第二個「と」可以省略。
● 之前學過「どちら」（在哪邊）。而「どちら」的另一個意思是：
　二選一，是哪一個（A和B，是哪一個）。
● 「AとBとどちらが…ですか」（A和B，哪一個比較…），要用助詞「が」。

回答時要用：「…の＋ほう＋が」

● 回答的時候要注意。如果「大阪的人比較多」，則說：
　大阪のほうが人が多いです。句子裡要多加一個「ほう（方）」。
● 二選一時，如果要說「某一方比較…」，要用：「…の＋ほう＋が」。

例文

● A：北京と上海とどちらがにぎやかですか。
　　（北京和上海，哪一個地方比較熱鬧呢？）
● B：上海のほうがにぎやかです。（上海比較熱鬧。）
● A：日本料理と中華料理、どちらが好きですか。
　　（日本料理和中華料理，比較喜歡哪一個呢？）
● B：どちらも好きです。（兩者都喜歡。）
　兩個都喜歡，沒辦法比較時，可以用「どちらも…」。

❹ 日本（にほん）でどこが一番（いちばん）にぎやかですか。（在日本境內，哪裡最熱鬧呢？）

助詞：表示範圍

日本 で どこが 一番 にぎやかですか 。

在 日本 哪裡 最 熱鬧 ？

解說

● 「で」＝「在」，表示「範圍」。「どこ」＝「哪裡」。
● 「…で＋疑問詞＋が一番……ですか」是「多選一」的說法，表示「在某個範圍內，什麼最…」。

「二選一」和「多選一」

● 上一單元學「二選一」，「二選一」的時候用「どちら」。例如：
北京（ペキン）と上海（シャンハイ）とどちらがにぎやかですか。（北京和上海，哪一個熱鬧？）
コーヒーと紅茶（こうちゃ）とどちらが好（す）きですか。（咖啡和紅茶，〈你〉喜歡哪一個？）
● 「多選一」的時候，要注意「疑問詞」：
問「地點」→用「どこ」（哪裡）。
問「事物」→用「何」（なに）＝「什麼」。
問「人」→用「誰」（だれ）＝「誰」。
問「時間」→用「いつ」＝「什麼時候」。

例文

● スポーツ で 何（なに）が一番（いちばん）おもしろいですか。（運動之中，什麼最有趣？）
範圍是「スポーツ」（運動），是「事物」，疑問詞用「何」（なに）。
● 芸能人（げいのうじん） で 誰（だれ）が一番（いちばん）好（す）きですか。（藝人之中，〈你〉最喜歡誰？）
範圍是「芸能人」（げいのうじん），是「人」，疑問詞用「誰」（だれ）。
● 一年（いちねん） で いつ が一番（いちばん）暑（あつ）いですか。（一年之中，什麼時候最熱？）
範圍是「一年」（いちねん），是「時間」，疑問詞用「いつ」（什麼時候）。

如何回答？

● 回答時可以用「……が一番……です。」（…是最…的。）例如：
八月（はちがつ）が一番（いちばんあつ）暑いです。（8月是最熱的。）

❶ 日本へ漫画を勉強しに行きます。（〈我〉要去日本學漫畫。）

にほん　まんが　べんきょう　　い

助詞：表示目的

日本へ　漫画を　勉強し　に　行きます。

（我）要去 日本　學　漫畫 。

解說

● 日本へ行きます＝「去日本」。
● 「漫画を勉強しに」＝「學漫畫」。「に」表示「目的」。
● 句子裡的「勉強し」原本是動詞「勉強します」，講了「～ます」原則上是句尾，所以還要接「行きます」的時候，「勉強します」的「ます」去掉，再接表示「目的」的助詞「に」，再來接「行きます」。

動作性名詞

● 像「勉強します、食事します、アルバイトします（打工）」這一類的字，去掉「します」之後都是名詞，這一類叫作「動作性名詞」。「動作性名詞」加「します」就變成動詞，接另一個動詞時，則是去掉ます，變成「勉強しに行きます」。
● 另外，也可以直接用名詞的部分＋「に」＋動詞（勉強に行きます）。
● 要注意的是，「漫画」（まんが）是名詞，所以接句子的時候：

| 漫画 | を | 勉強し | に行きます。名詞接動詞中間要有「を」。 |
| 漫画 | の | 勉強 | に行きます。名詞接名詞中間要有「の」。 |

例文

● A：日本へ何をしに行きますか。（去日本要做什麼呢？）
にほん　なに　　　い
● B：美術の勉強に行きます。（我要去學習美術。）
びじゅつ　べんきょう　い
● 一度ご飯を食べに帰ります。（〈我〉要先回家吃一下飯〈再回來〉。）
いちど　はん　た　かえ

❷ 車で空港まで送りましょうか。（要不要開車送〈你〉到機場？）

車で　空港まで　送り　ましょうか　。

要不要　開車　送　你　到機場？

解說

● 「車で」（くるまで）＝「開車」，「で」表示「交通工具」。
● 「空港」（くうこう）＝「機場」。「まで」＝表示「終點」。
● 「送ります」（おくります）＝「送」。「ましょうか」＝「要不要」。

「ませんか」和「ましょうか」

● 之前學過：一緒に食事しませんか。（要不要一起吃飯？）
● 「ませんか」和「ましょうか」不一樣。例如：我感覺對方累了，於是問：
　　ちょっと休みましょうか。（要不要休息一下呢？）
● 另一種情況是，我很累，對方還好，我想休息，所以我說：
　　ちょっと休みませんか。（可以休息一下嗎？）
● 「ましょうか」：是「要不要我為你做什麼」，不能用於「邀請」。
● 「ませんか」：是「我可不可以做什麼」，可以用於「邀請」。例如：
　　一緒にコーヒーを飲みませんか。（可以一起喝杯咖啡嗎？）

例文

● A：荷物を持ちましょうか。（要不要幫你拿行李？）
　　看對方拿很大的行李，問要不要幫忙。
● B：すみません、お願いします。（不好意思，拜託你了。）
　　「すみません」除了「對不起」，也有「不好意思」的意思。
● A：傘を貸しましょうか。（要不要借你傘？）
● B：いいえ、けっこうです。タクシーで帰りますから。
　　（不，不用了。因為我要搭計程車回去。）

　　「けっこうです」＝「不用」。也可以說：だいじょうぶです。（沒關係。）

❸ アルバイトをしながら、勉強します。（一邊打工一邊唸書。）

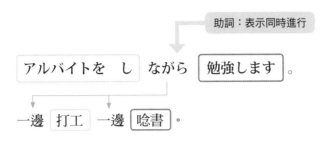

助詞：表示同時進行

アルバイトを　し　ながら　勉強します　。

一邊 打工 一邊 唸書 。

解說

● アルバイトをします＝「打工」。
● 「ながら」＝表示「兩個動作同時進行」。
● 前面的（A）動作「去掉ます」＋ながら＋後面的（B）動作，表示：
　一邊做 A 一邊做 B。
● アルバイトをします ＋ ながら ＋ 勉強します（一邊打工一邊唸書）

「ながら」的用法

● 如果同時做的兩個動作，有一個比較主要，一個比較次要：主要的動作放後面，
　次要的動作放前面。例如，打工跟唸書，當然是唸書主要：

　アルバイトをしながら勉強します。（一邊打工，一邊唸書。）

例文

● いつも音楽を聴きながらレポートを書きます。
　（總是一邊聽音樂一邊寫報告。）
　「いつも」＝「總是」。寫報告是主要，所以放後面。
● 彼女の写真を見ながら彼女と電話で話します。
　（一邊看女朋友的照片，一邊和女朋友講電話。）

助詞練習題 — は、の

助詞「は」的句子：

〈表示：主題〉

1.	那個人是日本人。	第01課
2.	我是公司職員。	第01課
3.	那個人是哪一位？	第01課
4.	你的主修是什麼？	第01課
5.	電話在這裡。	第02課
6.	那把傘300日圓。	第02課
7.	京都很安靜。	第06課
8.	今天很冷。	第06課
9.	這個料理是辣的。	第06課
10.	泰國非常熱。	第06課
11.	北海道是什麼樣的地方？	第06課
12.	日本的房租貴嗎？	第06課
13.	昨天是下雨天。	第10課
14.	昨天的晚餐吃什麼？	第10課
15.	昨天是吃咖哩飯。	第10課
16.	日本旅行很快樂。	第10課
17.	食物不太好吃。	第10課
18.	地球是圓的。	第10課
19.	10年前這個城市很安靜。	第10課

〈表示：區別・對比〉

20.	明天（我）不要工作。	第05課
21.	星期天哪裡也不去。	第05課
22.	我不吃肉。	第05課

〈表示：動作主〉

23.	我吃蔬菜和魚。	第05課
24.	我有時候會去。	第05課

助詞「の」的句子：

〈表示：所屬、所有、所在、所產〉

1.	我是貿易公司的員工。	第01課
2.	你是松下電器的職員嗎？	第01課
3.	手機號碼是幾號？	第01課
4.	是什麼樣的公司？	第01課
5.	是電腦公司。	第01課
6.	那個人是我的同事。	第01課
7.	那是你的傘嗎？	第02課
8.	那個也是我的書包。	第02課
9.	那是什麼書？	第02課
10.	這個是用日文寫的書。	第02課
11.	不是，不是我的。	第02課
12.	這個是哪裡製造的電腦？	第02課
13.	這是哪一國的啤酒？	第02課
14.	要和高中時代的朋友吃飯。	第03課
15.	日本的房租貴嗎？	第06課
16.	我喜歡日本的動畫。	第07課
17.	桌上有蘋果。	第07課
18.	桌子上什麼東西也沒有。	第07課
19.	因為喜歡日本的戲劇。	第07課
20.	錢包裡面有800日圓左右。	第09課
21.	上田先生三年前是學校的老師。	第10課
22.	昨天的晚餐是什麼？	第10課
23.	現在的工作是什麼呢？	第10課

助詞練習題 — と、に

助詞「と」的句子：

〈表示：動作夥伴〉

1. 明天（我）要和朋友用餐。　第03課
2. 你要和誰去旅行？　第03課
3. 要和朋友去新宿。　第04課
4. 你和誰一起來這裡？　第04課
5. 要和朋友搭公車去。　第04課
6. 要和誰去醫院？。　第04課
7. 明天要和朋友去看電影。　第05課
8. 要和女朋友講電話。　第12課
9. 要和奶奶去公園散步。　第12課

〈表示：並列關係〉

10. 請給我領帶和襯衫。　第02課
11. 要坐電車和公車去。　第04課
12. 要吃麵包和雞蛋。　第05課
13. 桌上有書和筆記本。　第07課
14. 有父母親和姐姐和弟弟。　第09課
15. 咖啡和紅茶，哪一個比較好？　第11課
16. 蘋果和橘子，比較喜歡哪一個？　第11課
17. 夏天和冬天，比較喜歡哪一個？　第11課

助詞「に」的句子：

〈表示：動作進行時點〉

1. （我們）幾點見面？　第03課
2. 10點要和朋友吃飯。　第03課
3. 每天晚上11點睡覺。　第03課
4. 明天9點見面吧。　第03課
5. 我晚上8點回家。　第04課
6. 8月要去日本。　第04課

〈表示：存在位置〉

7. 桌上有蘋果。　第07課
8. 房間裡有誰在？　第07課
9. 京都有什麼？　第07課
10. 公園裡有小孩。　第07課
11. 山田先生在哪裡？　第07課

〈表示：動作的對方〉

12. 我要打電話給朋友。　第08課
13. 我要送B一本書。　第08課
14. 我從A那裡得到一本書。　第08課
15. 那麼，我來教你吧！　第08課

〈表示：分配單位〉

16. 一週學兩次日文。　第09課
17. 一次學習三個小時。　第09課

〈表示：目的〉

18. 要去日本唸書。　第12課
19. 要去日本做什麼？　第12課

助詞練習題 ── で、へ

助詞「で」的句子：

〈表示：動作進行地點〉

1. 在車站前見面吧。 第03課
2. 要在圖書館唸書。 第03課
3. 在百貨公司購物了。 第05課
4. 要不要一起在銀座買東西？ 第09課
5. 去年在台灣住在寄宿家庭。 第10課
6. 在義大利買了這條領帶。 第10課

〈表示：交通工具〉

7. 要搭電車去。 第04課
8. 你怎麼去學校？ 第04課
9. 要騎自行車去。 第04課
10. 要搭公車去上學。 第04課
11. 要不要開車送你到機場？ 第12課
12. 要搭計程車回去。 第12課

〈表示：範圍〉

13. 在台灣，哪裡最熱鬧？ 第11課
14. 明星中，最喜歡誰？ 第11課
15. 一年中，何時最熱？ 第11課
16. 麵類中，最喜歡烏龍麵。 第11課

助詞「へ」的句子：

〈表示：方向〉

1. 〈我〉要去日本。 第01課
2. 〈我〉要去新宿。 第04課
3. 昨天去了圖書館。 第04課
4. 我一個人來到這裡。 第04課
5. 和誰來這裡呢？ 第04課
6. 我在晚上9點回家。 第04課
7. 你怎麼去學校？ 第04課
8. 〈我〉走路來這裡。 第04課
9. 要搭計程車去新宿。 第04課
10. 要和朋友去沖繩旅行。 第04課
11. 你要怎麼去金閣寺？ 第04課
12. 你怎麼來這裡的？ 第04課
13. 要和誰去醫院？ 第04課
14. 下個月要回國。 第04課
15. 什麼時候要去日本？。 第04課
16. 常常去圖書館嗎？ 第05課
17. 〈我〉想去日本。 第06課
18. 昨天沒有來學校。 第07課
19. 下個月要去日本。 第10課
20. 昨天去了圖書館。 第10課
21. 去了淺草的祭典。 第10課
22. 去了哪裡呢？ 第12課
23. 去了長野滑雪。 第12課

助詞練習題 — を、か

助詞「を」的句子：

〈表示：表示動作作用對象〉

1. 請告訴我電子郵件地址。	第01課
2. 請給我這把傘。	第02課
3. 今晚〈我〉要寫信。	第05課
4. 要和朋友看電影。	第05課
5. 要不要一起學習日文？	第05課
6. 週末要做什麼？	第05課
7. 今晚要吃什麼？	第05課
8. 昨天做了什麼？	第05課
9. 昨天吃了什麼？	第05課
10. 現在想吃什麼？	第06課
11. 想吃甜的東西。	第06課
12. 下次的假期要做什麼？	第06課
13. 為什麼要學日文？	第07課
14. 已經看過那部電影了嗎？	第08課
15. 我想學中文。	第08課
16. 買了三個蘋果。	第09課
17. 照了三張照片。	第09課
18. 吃了八顆橘子。	第09課
19. 麻煩給我咖啡。	第11課
20. 要不要幫你拿行李？	第12課
21. 要不要借你傘？	第12課
22. 要不要幫你叫救護車？	第12課
23. 一邊看電視一邊吃飯。	第12課

〈表示：離開點、經過點〉

24. 高中畢業了。	第12課
25. 每天在公園散步。	第12課

助詞「か」的句子：

〈表示：疑問〉

1. 鈴木小姐也是學生嗎？	第01課
2. 陳小姐是學生嗎？	第01課
3. 那個人是誰？	第01課
4. 是哪一個漢字呢？	第01課
5. 手機號碼是幾號？	第01課
6. 您幾歲？	第01課
7. 那是什麼？	第02課
8. 這把傘多少錢？	第02課
9. 要不要一起用餐	第03課
10. 現在幾點？	第03課
11. 從幾點到幾點呢？	第03課
12. 休假日是星期幾？	第03課
13. 要怎麼去呢？	第04課
14. 京都是怎樣的呢？	第06課
15. 韓國料理是怎樣的呢？	第06課
16. 那本字典好嗎？	第06課
17. 你懂中文嗎？	第07課
18. 喜歡什麼樣的料理？	第07課
19. 是從誰那裡得到的？	第08課
20. 昨天下雨嗎？	第10課
21. 旅行如何呢？	第10課
22. 覺得飯店如何？	第10課
23. 現在的工作是什麼呢？	第10課
24. 考試難嗎？	第11課

助詞練習題 — 解答

助詞「は」:

〈表示:主題〉

1. あの人は日本人です。
2. 私 は会社員です。
3. あの人はどなたですか。
4. 専門は何ですか。
5. 電話はここです。
6. その傘は３００円です。
7. 京 都は静かです。
8. 今日は寒いです。
9. この 料 理は辛いです。
10. タイはとても暑いです。
11. 北海道はどんな 所 ですか。
12. 日本の家賃は高いですか。
13. 昨日は雨でした。
14. 昨日の晩ご飯は何でしたか。
15. 昨日はカレーライスでした。
16. 日本旅行は楽しかったです。
17. 食べ物はあまりおいしくなかったで
    す。
18. 地 球 は丸いです。
19. １０年前、この街は静かでした。

〈表示:區別・對比〉

20. 明日は 働 きません。
21. 日曜日はどこも行きません。
22. 肉は食べません。

〈表示:動作主〉

23. 私 は野菜と 魚 を食べます。
24. 私 は時々行きます。

助詞「の」:

〈表示:所屬、所有、所在、所產〉

1. 私 は貿易会社の社員です。
2. あなたはパナソニックの社員ですか。
3. 携帯電話の番号は何番ですか。
4. 何の会社ですか。
5. コンピューターの会社です。
6. あの人は 私 の同 僚 です。
7. それはあなたの傘ですか。
8. あれも 私 のかばんです。
9. それは何の本ですか。
10. これは日本語の本です。
11. いいえ、私 のじゃありません。
12. これはどこのパソコンですか。
13. これはどこのビールですか。
14. 高校時代の友達と 食 事します。
15. 日本の家賃は高いですか。
16. 日本のアニメが好きです。
17. 机 の上にりんごがあります。
18. 机 の上に何もありません。
19. 日本のドラマが好きですから。
20. お財布の中に８００円ぐらいあります。

助詞練習題 ── 解答

21. 上田さんは３年前、学校の先生でした。
22. 昨日の晩ご飯は何でしたか。
23. 今の仕事は何ですか。

助詞「と」：

〈表示：動作夥伴〉

1. 明日友達と食事します。
2. あなたは誰と旅行しますか。
3. 友達と新宿へ行きます。
4. あなたは誰とここへ来ましたか。
5. 友達とバスで行きます。
6. 誰と病院へ行きますか。
7. 明日友達と映画を見ます。
8. 彼女と電話で話します。
9. 祖母と公園を散歩します。

〈表示：並列關係〉

10. ネクタイとシャツをください。
11. 電車とバスで行きます。
12. パンと卵を食べます。
13. 机の上に本とノートがあります。
14. 両親と姉と弟がいます。
15. コーヒーと紅茶とどちらがいいですか。
16. りんごとみかんとどちらが好きですか。
17. 夏と冬とどちらが好きですか。

助詞「に」：

〈表示：動作進行時點〉

1. 何時に会いますか。
2. １０時に友達と食事します。
3. 毎晩２３時に寝ます。
4. 明日９時に会いましょう。
5. 私は２０時に家へ帰ります。
6. ８月に日本へ行きます。

〈表示：存在位置〉

7. 机の上にりんごがあります。
8. 部屋に誰がいますか。
9. 京都に何がありますか。
10. 公園に子供がいます。
11. 山田さんはどこにいますか。

〈表示：動作的對方〉

12. 私は友達に電話をかけます。
13. 私はBに本をあげます。
14. 私はAに本をもらいます。
15. じゃぁ、私があなたに教えましょう。

〈表示：分配單位〉

16. 一週間に２回日本語を勉強します。
17. １回に３時間勉強します。

助詞練習題 — 解答

〈表示：目的〉

18. 日本へ勉強しに行きます。
19. 日本へ何をしに行きますか。

助詞「で」：

〈表示：動作進行地點〉

1. 駅の前で会いましょう。
2. 図書館で勉強します。
3. デパートで買い物しました。
4. 一緒に銀座で買い物しませんか。
5. 去年、台湾でホームステイしました。
6. イタリアでこのネクタイを買いました。

〈表示：交通工具〉

7. 電車で行きます。
8. 何で学校へ行きますか。
9. 自転車で行きます。
10. バスで学校へ行きます。
11. 車で空港まで送りましょうか。
12. タクシーで帰ります。

〈表示：範圍〉

13. 台湾でどこが一番にぎやかですか。
14. 芸能人で誰が一番好きですか。
15. 一年でいつが一番暑いですか。
16. 麺類でうどんが一番好きです。

助詞「へ」：

〈表示：方向〉

1. 日本へ行きます
2. 新宿へ行きます。
3. 昨日、図書館へ行きました。
4. 一人でここへ来ました。
5. 誰とここへ来ましたか。
6. 私は２１時に家へ帰ります。
7. 何で学校へ行きますか。
8. 歩いてここへ来ました。
9. タクシーで新宿へ行きます。
10. 友達と沖縄へ旅行します。
11. どうやって金閣寺へ行きますか。
12. どうやってここへ来ましたか。
13. 誰と病院へ行きますか。
14. 来月国へ帰ります。
15. いつ日本へ行きますか。
16. よく図書館へ行きますか。
17. 日本へ行きたいです。
18. 昨日、学校へ来ませんでした。
19. 来月、日本へ行きます。
20. 昨日、図書館へ行きました。
21. 浅草のお祭りへ行きました。
22. どこへ行きましたか。
23. 長野へスキーに行きました。

助詞練習題 ── 解答

助詞「を」：

〈表示：動作作用對象〉

1. メールアドレスを教えてください。
2. この傘をください。
3. 今晩、手紙を書きます。
4. 友達と映画を見ます。
5. 一緒に日本語を勉強しませんか。
6. 週末、何をしますか。
7. 今晩、何を食べますか。
8. 昨日何をしましたか。
9. 昨日何を食べましたか。
10. 今、何を食べたいですか。
11. 甘い物を食べたいです。
12. 次の休みは、何をしますか。
13. どうして日本語を勉強しますか。
14. もうあの映画を見ましたか。
15. 私は中国語を習いたいです。
16. りんごを三つ買いました。
17. 写真を3枚撮りました。
18. みかんを8つ食べました。
19. コーヒーをお願いします。
20. 荷物を持ちましょうか。
21. 傘を貸しましょうか。
22. 救急車を呼びましょうか。
23. テレビを見ながら、ご飯を食べます。

〈表示：離開點、經過點〉

24. 高校を卒業しました。
25. 毎日、公園を散歩します。

助詞「か」：

〈表示：疑問〉

1. 鈴木さんも学生ですか。
2. 陳さんは学生ですか。
3. あの人は誰ですか。
4. どんな漢字ですか。
5. 携帯電話の番号は何番ですか。
6. おいくつですか。
7. それは何ですか。
8. この傘はいくらですか。
9. いっしょに食事しませんか。
10. 今、何時ですか。
11. 何時から何時までですか。
12. 休みは何曜日ですか。
13. 何で行きますか。
14. 京都はどうですか。
15. 韓国料理はどうですか。
16. その辞書はいいですか。
17. 中国語がわかりますか。
18. どんな料理が好きですか。
19. 誰にもらいましたか。
20. 昨日は雨でしたか。
21. 旅行はどうでしたか。
22. ホテルはどうでしたか。
23. 今の仕事は何ですか。
24. テストは難しかったですか。

大家學日語系列 16

大家學標準日本語【初級本】行動學習新版

雙書裝（課本＋文法解說、練習題本）＋ 2 APP（書籍內容＋隨選即聽
MP3、教學影片）iOS / Android 適用

初版 1 刷　2012年9月27日
初版98刷　2024年6月24日

作者	出口仁
封面設計	陳文德
版型設計	洪素貞
插畫	出口仁・許仲綺
責任主編	黃冠禎
社長・總編輯	何聖心

發行人	江媛珍
出版發行	檸檬樹國際書版有限公司
	lemontree@treebooks.com.tw
	電話：02-29271121　傳真：02-29272336
	地址：新北市235中和區中安街80號3樓
法律顧問	第一國際法律事務所 余淑杏律師
	北辰著作權事務所 蕭雄淋律師

全球總經銷	知遠文化事業有限公司
	電話：02-26648800　傳真：02-26648801
	地址：新北市222深坑區北深路三段155巷25號5樓

港澳地區經銷	和平圖書有限公司
	電話：852-28046687　傳真：850-28046409
	地址：香港柴灣嘉業街12號百樂門大廈17樓

定價	台幣629元／港幣210元
劃撥帳號	戶名：19726702・檸檬樹國際書版有限公司
	・單次購書金額未達400元，請另付60元郵資
	・ATM・劃撥購書需7-10個工作天

大家學標準日本語.初級本(行動學習新版) / 出口仁著.
-- 初版. -- 新北市：檸檬樹國際書版有限公司,
2022.11印刷
　面；　公分. -- (大家學日語系列；16)
ISBN 978-986-94387-6-6(平裝)

1.日語 2.讀本

803.18　　　　　　　　　　　111010000